SONDERFAHRPLAN aus Anlass
des Glücksdorfers Weihnachtsmarktes
Platzkarte
für
von
von
nach
Wagen Nr
Platz Nr
2 Kl
2,00 DM
(Freiburg/Breisg Hbf 16)
(Siehe Rückseite)
7617
STADTWERK
Einzelfahr
Mit dem Betreten d
Beförderungsbesti
Freiburg im Breisgau
Scheine, die so besch
VERKEHRSBETRIEBE
044671
Sofort entwerten!
N D E R
fassung anerkannt. Fahr-
anspricht, sind ungültig.
mpflok Adele 52 4867
Fahrt
109 113 117
14:25 16:25 18:25
14:38 16:38 18:38
14:45 16:45 18:45
Fahrt Nr. 1
110 114 118
15:00 17:00 19:00
Wendepunkt Wasserfall
13:25 15:25 17:25 19:25
Fahrt Nr:
103 107 115 119
Wendepunkt Glücksdorf
ⅳ11:28 17:28 19:28
an ⅳ11:50 17:50 19:50
Fahrt Nr. 2
104 116 120
ab ⅳ12:00 18:00 19:55
ⅳ12:08 18:08 20:03
Wendepunkt Wasserfall
ⅳ12:23
SPECIAL
* An beiden Wendepunkten kein Ein- oder Ausstieg. Fahrtdauer
Der Zug führt drei Reisezugwagen, einen Gepäck-, einen Bistro- und einen
a) zu erreichen mit S- und U-Bahn (Hauptwache oder Römer) bzw. Straßenbahn 11 + 12 (Römer/Paulskirch
b) zu erreichen mit Straßenbahn 11 (Ostbahnhof/Honsellstraße); Fußweg etwa 500 m
ⅳ verkehrt nich

Barbara Behr Edition

MIX
Papier aus verantwortungsvollen Quellen
FSC® C020056

Mineralöl freie Druckfarbe

ISBN 978-3-649-64676-1

Hafenweg 30, 48155 Münster, Germany
Illustrationen und grafische Gestaltung: Barbara Behr
Textsatz: Elmar Möllmann, Internetlitho
Redaktion: Kai König

www.coppenrath.de

Gitta Edelmann · Regine Kölpin

Adventskalenderbuch mit Ausklappseiten

Weihnachtsexpress ins Glück

Eine romantische Weihnachtsgeschichte in 24 Kapiteln

COPPENRATH

Willi

Er rieb der alten Dampflok Adele liebevoll mit einem Lappen über den hinteren Wasserkasten. Willi mochte es, die Lokomotive auf die sonntäglichen Adventstouren vorzubereiten. Schon seit vielen Jahren fuhren der Rentner und das Team des Eisenbahnvereins „Dampflokfreunde Grödertal" Fahrgäste von Tannenheim zum Wasserfall im Grödertal. Dort machten sie Pause, bevor es zurückging. Bei der Fahrt durchquerten sie liebliche Täler und dunkle Wälder, aber sie passierten auch schroffe Felsen.
„Mit Schnee und Eis naht nun das Fest, was das Christkind kommen lässt", murmelte Willi.
Gut, das war jetzt keine dichterische Glanzleistung, aber er liebte das Reimen. Auch wenn Henriette ihn ständig damit aufzog. Sie bot während der Fahrten im historischen Speisewagen Köstlichkeiten wie Stollen, Butterkekse und wunderbar duftenden Kaffee an und betrieb an diesen Sonntagen auch einen Kiosk am Wasserfall. Willi wandte sich wieder der Lok zu, mit der er gern sprach, selbst wenn sie ihm immer eine Antwort schuldig blieb.
„Meine liebe Adele! Jetzt erwarten uns vier aufregende Sonntage. Ich bin gespannt, welche Gäste uns dieses Mal begleiten. Und wie sich die neue Schaffnerin macht. Aber Gerd wird sie schon gut einweisen, und mit Christian haben wir ja einen wunderbaren und erfahrenen Lokführer."
Willi und Christian kannten sich schon viele Jahre, nur waren sie länger nicht zusammen gefahren, weil Christian bei der Bahn inzwischen im Cockpit eines ICEs saß. Umso mehr freute sich Willi, dass sein jüngerer Kollege heute wieder dabei war. Für Willi war es

unvorstellbar, die Adventsfahrten jemals ausfallen zu lassen. Ohne diese vier Touren war es einfach keine richtige Weihnachtszeit für ihn.

Allein das Herrichten von Adele war ein Geschenk. Das Einschaufeln der Kohle, das erste Stampfen der Lok … und wie wunderbar war es, wenn sich die Rauchschwaden in verschiedenen Formationen in den Himmel schraubten! Für Willi gab es nichts Schöneres, und dass er die Lok nach seiner so geliebten, aber lange verstorbenen Frau nennen durfte, dafür war er besonders dankbar.

Aus dem Speisewagen drang schon das Brummen des Staubsaugers, dazu sang Henriette laut und falsch „Alle Jahre wieder".

„Die soll sich bloß nicht über meine Gedichte aufregen", sagte Willi mit einem Schmunzeln. Er konnte ihr nie böse sein. Henriette war einfach eine herzensgute Frau, die kein Blatt vor den Mund nahm.

„Henriette ist 'ne Nette", reimte er. Es war aber besser, wenn sie das nicht hörte.

Henriette

„… kommt das Christuskind“, schmetterte Henriette lauter als das Brummen des Staubsaugers. Gleich war der rote Teppichboden wieder so sauber, wie er es zu Beginn einer Fahrt sein sollte. Wenn sie zurückkamen, würde natürlich alles verkrümelt sein, aber das war ein gutes Zeichen. Dann hatten die Gäste nicht nur die Fahrt, sondern auch die Kekse genossen.

Henriette schaltete den Staubsauger aus und sah sich zufrieden um. Die weißen Tischdecken ließen den alten Speisewagen förmlich strahlen und die kleinen Tannengestecke, die die altmodischen Tischlämpchen schmückten, verbreiteten adventliche Stimmung. Noch schöner wären echte Kerzen gewesen, aber das war aus Brandschutzgründen nicht erlaubt.

Endlich war es wieder so weit! Henriette atmete tief ein und sah auf die Uhr. Ja, es lag bereits der Geruch von Kohlen in der Luft. Willi heizte wohl schon den Kessel vor.

Jeden Moment mussten vom Café Müller, wo sie unter der Woche arbeitete, Christstollen, Lebkuchen und verschiedene Sorten Weihnachtsplätzchen geliefert werden. Dann brauchte sie nur noch Kaffee kochen und heißes Wasser für Tee bereithalten.

Heute würden Gerd und Lisa in ihren schmucken, altmodischen Uniformen die Fahrkarten kontrollieren. Außerdem war es die Aufgabe der beiden, die Gäste mit allerlei Informationen zu versorgen und ihnen überhaupt mit Rat und Tat zur Seite zu stehen. Während Gerd in dieser Hinsicht ein alter Hase war, gehörte Lisa erst seit Kurzem zum historischen Eisenbahnverein, und dies war ihr erster Einsatz. Mal sehen, wie sie sich in das eingespielte Team

fügte. Aber da hatte Henriette ein gutes Gefühl: Bei der letzten Versammlung hatte Lisa auf jeden Fall schon mal einen angenehm freundlichen Eindruck gemacht.
„Wir sagen euch an …", sang Henriette laut und räumte den Staubsauger in das kleine Kabuff in der Küche des Speisewagens.
„Hallo Henriette – hier ist dein Proviant!" Beate Müller lieferte das weihnachtliche Gebäck wie immer höchstpersönlich. „Gute Fahrt", wünschte sie. „Vielleicht schaff ich es ja in diesem Jahr, einmal dabei zu sein."
„Danke, Beate. Und ja, das solltest du versuchen. Die Adventstouren sind einfach herrlich. Wie wäre es mit der letzten Fahrt? Die ist erfahrungsgemäß immer besonders schön."
„Mal sehen, ich versuche es!"
Henriette nahm der Cafébesitzerin die Backwaren ab und stellte sie für den Verkauf bereit. Dann setzte sie ihren Gesang fort: „… sehet, die erste Kerze brennt …"

WEIHN
RESS
17530

WEIH
1 G

„Hallo, bist du Lisa?", wurde sie von einem rundlichen Mann begrüßt, der sie an Lukas, den Lokomotivführer erinnerte.
„Ja, guten Tag. Ich bin Lisa, die neue Schaffnerin."
„Darf ich mich vorstellen? Willi, der Heizer." Er machte eine kleine Verbeugung. „Henriette wuselt schon im Speisewagen herum, und Christian müsste auch gleich vom Telefonieren wiederkommen. Er fährt unsere Adele." Willi nahm die Schirmmütze ab und wischte sich den Schweiß von der Stirn. „Es ist immer sehr warm, wenn ich den Kessel anheize", erklärte er. „Aber es gibt nichts Schöneres." Er wandte den Kopf und winkte einem blonden hochgewachsenen Mann von etwa 40 Jahren zu, der auf sie zusteuerte. „Und da kommt ja auch schon Christian! Aber er sieht aus, als gäbe es schlechte Nachrichten."

1

Die halbe Nacht hatte Lisa kein Auge zugetan, weil sie unglaublich nervös war. Zum letzten Mal hatte sie gegen vier Uhr morgens auf die Uhr geschaut. Und nun war sie wie gerädert, dabei musste heute alles gutgehen.

Sie lebte noch nicht lange in Tannenheim, doch als sie den Aushang gelesen hatte, dass es diesen historischen Eisenbahnverein gab, war sie sofort eingetreten und hatte bei der Versammlung angeboten, als zweite Schaffnerin mitzufahren. Da ihre Vorgängerin gerade abgesprungen war, konnte sie sofort nachrücken. Schon seit ihrer Kindheit hatte Lisa davon geträumt, mit einer echten Dampflok zu fahren, und nun durfte sie sogar in dieser schmucken Dienstkleidung dabei sein. Ein wunderbarer Ausgleich zu ihrem Bürojob in der Bank!

Lisa war allerdings froh, dass Gerd an ihrer Seite war, denn der erste Schaffner war ihr von Beginn an sympathisch gewesen, genau wie der Lokführer. Nur den Heizer Willi kannte sie noch nicht. Er hatte bei der Versammlung wegen Krankheit gefehlt.

Lisa stellte das Rad ab und näherte sich dem Bahnhofsgebäude. Es war festlich geschmückt: Am historischen Portal leuchteten große Sterne, und als sie die Eingangshalle zum Bahnsteig durchquerte, hing dort ein riesiger Adventskranz mit dicken roten Kerzen und mächtigen Schleifen. Aus einem Lautsprecher drang „Süßer die Glocken nie klingen“.

Und dann stand sie vor Adele. Jener Dampflok, mit der sie in Kürze zum Wasserfall fahren würden. Lisa freute sich auf das rhythmische und stampfende Geräusch, auf die Qualmwolken, und sie hoffte sehr, dass Willi Adele laut pfeifen lassen würde.

Nicht hinauslehnen!

2
Nicht hinauslehnen!

Durch die Berge gibt es auf der Strecke leider keinen Handyempfang. Aber ich gebe dir sicherheitshalber doch gleich mal meine Nummer."
Lisa zog ihr Handy aus einem der Fächer der voluminösen Schaffner-Tasche, entsperrte es und reichte es ihm.
„Ich muss zu Adele." Willi marschierte davon.
Christian tippte seine Nummer ein und gab das Handy zurück. „Gleich kommen unsere Fahrgäste. Keine Sorge, die sind immer sehr nett und entspannt. Du schaffst das, Frau Schaffnerin." Er lächelte sie ermutigend an.
Lisa nickte.
Sie sah nicht nur sympathisch aus, fand Christian, sondern auch auf altmodische Weise adrett in ihrer Uniform mit der Mütze auf ihrem dunkelblonden, halblangen Haar.
„Wir sehen uns dann spätestens bei der Pause am Wasserfall", sagte er, und Lisa nickte erneut.
Christian ging nun nach vorn zur Lokomotive, wo Willi auf ihn wartete.
„Es ist an der Zeit – und wir sind bereit", erklärte der Heizer mit zufriedener Miene.
Christian stieg die kleine Leiter zum Führerhaus hinauf.
„Sehr gut. Dann mal los!"

2

„Hi Willi!“, begrüßte Christian den Heizer. „Und du musst Lisa sein“, wandte er sich dann an die Frau in der dunkelblauen Uniform. „Ich bin Christian.“ Er streckte die Hand aus, um die Neue willkommen zu heißen.

„Hallo Christian. Ich freue mich, heute mit euch zu fahren“, antwortete sie ein wenig förmlich.

Ihr Händedruck war angenehm fest. Er schätzte sie auf Anfang bis Mitte dreißig, und sie wirkte auf ihn wie eine Frau, die sich nicht zierte und auch mal zupacken konnte. Das war gut. So jemanden brauchten sie heute.

Willi runzelte die Stirn, während er Christian musterte. „Was ist los? Ist was mit Gerd? Den habe ich nämlich noch gar nicht gesehen.“

„Ja, Gerd …“, Christian schüttelte den Kopf. „Der kommt nicht. Ist heute Morgen mit dem Fahrrad gestürzt und hat sich das Sprunggelenk gebrochen. Die nächsten Wochen ist er erst mal außer Gefecht gesetzt.“

„Ach herrje, der Arme! Und wer vertritt ihn?“

Christian räusperte sich. „Niemand. Ich habe gleich herumtelefoniert, aber alle haben für die Adventswochenenden schon andere Pläne, die sie nicht absagen können.“ Er sah Lisa an, deren braune Augen nun plötzlich sehr groß und ein wenig ängstlich wirkten. „Tut mir leid, Lisa. Du bist heute allein.“

Die atmete hörbar durch. „Wird schon gehen. Ich habe die Aufgabenbeschreibung gelesen, eigentlich sollte das zu schaffen sein.“

„Ich mag positive Menschen“, sagte Willi. „Notfalls ist ja noch Henriette im Speisewagen. Und wir halten auf halber Strecke kurz, um Wasser aufzufüllen. Dann kannst du auch zur Lok kommen, falls was ist.

WASSERTURM
ADELE
RTS
Fahrplan der Bayrischen Jugend-Eisenbahn.
3

Zuerst ging alles ganz einfach. Alle zeigten ihr bereitwillig die Fahrscheine und warfen dann rasch wieder den Blick auf die vorbeiziehende Landschaft.
Der Ausblick, der sich ihren Augen bot, war wirklich einzigartig schön. Am Vormittag hatte es etwas geschneit, und die Bäume, Pfähle und Büsche trugen kleine weiße Mützchen, die Wiesen wirkten wie mit Puderzucker bestreut.
Mit jedem kontrollierten Fahrgast wuchs Lisas Selbstsicherheit. Wäre Gerd dabei gewesen, hätten sie nur die halbe Zeit gebraucht, aber schließlich galt diese Fahrt der Entschleunigung. Wozu also Eile?
„Ihre Fahrkarte, bitte!", sprach sie eine ältere Dame an, die betont gelangweilt aus dem Fenster blickte.
„Ihre Fahrkarte, bitte!", wiederholte Lisa. Die Dame zog die Brauen hoch. „Die habe ich nicht. Ich fahre immer ohne."
Lisa schluckte. „Sie müssen aber doch bezahlt haben."
„Ich bin Erna Bauer, und ich fahre immer ohne Fahrschein mit. Seit Jahren. Bestimmt weiß das jeder."
Hilflos schaute Lisa sich um. Zum Glück hatten die anderen Fahrgäste nichts mitbekommen. „Wir reden später", sagte sie schließlich. Das musste sie mit Christian und Willi klären. Die aber sah sie erst am Wasserfall. Ihr brach der Schweiß aus, und sie ging zum nächsten Fahrgast. Hoffentlich erwarteten sie keine weiteren unangenehmen Überraschungen.

3

Ein wenig Bammel hatte Lisa schon, weil sie ihre erste Fahrt nun ganz allein bewerkstelligen musste. Christian und Willi waren wirklich nett, und sie fühlte sich sofort akzeptiert. Ihnen schien es aufrichtig leidzutun, dass keinerlei Unterstützung in Sicht war. Aber da hatte sie schon andere Dinge gemeistert. Ein bisschen ungewohnt war nur die altmodische Uniform, die am Hals kratzte und sie in ihrer Bewegung einschränkte, weil der Stoff so steif war. Die Fahrgäste begannen einzusteigen, manche nickten freundlich zu ihr herüber. Lisa grüßte zurück, dann ging sie mit festem Schritt zum Speisewagen, in dem Henriette fröhlich hantierte. Die hatte hier ein wahres Wunderwerk vollbracht: Auf den Tischen standen weihnachtliche Gestecke mit roten Kugeln, die Auslagen waren von Tannengrün umgeben und das Gebäck lud dazu ein, sofort zuzugreifen, weil es so appetitlich anmutete.
Henriette schaute kurz vom Tresen auf und lächelte Lisa an. „Ich hab's bereits gehört. Aber du schaffst das schon. Fang mit der Kontrolle am besten in Wagen 1 direkt hinter der Lok an. Nicht hinten. So bin ich nämlich im größten Notfall in deiner Nähe. Ich bekomme ja erst nach dem Besuch am Wasserfall so richtig zu tun. Dann haben alle Kaffeedurst und sich schon etwas sattgesehen."
„Das mache ich, danke."
Lisa fuhr zusammen, als der typische Pfiff ertönte und sich kurz darauf die Lokomotive ruckelnd und schnaufend in Bewegung setzte. Ach, was hatte sie sich auf diesen Moment gefreut! Und ja, sie würde es schaffen.
In Wagen 1 saßen die Mitreisenden schon mit erwartungsvollen Gesichtern auf den Holzbänken. Lisa begann, die Tickets zu kontrollieren.

FROHE

4

Henriette konnte mir auch nicht helfen. Sie sagt, früher war immer der Sohn dabei."
„Steig ein", sagte Christian und öffnete die Tür. „Das klären wir."
Im Nu kletterte Lisa die Leiter herauf in die Lok und stand neben ihm. Sie sah sich interessiert um.
„Warst du schon mal hier drin?", fragte Christian.
Lisa nickte. „Als ich dem Verein beigetreten bin, durfte ich mir Adele angucken. Aber in Aktion sehe ich sie heute zum ersten Mal."
„Dann bleib doch hier, während ich umrangiere. Und erzähl mir von der Schwarzfahrerin."
„Sie sagt, sie heißt Erna Bauer und fährt immer ohne Fahrschein."
„Willi", rief Christian dem Heizer am Kessel zu, „kennst du eine Erna Bauer?"
„Ja, die kenne ich. Fährt jedes Jahr mit, warum?"
„Sie hat keine Fahrkarte. Ist sie Ehrenmitglied im Verein?"
„Nö! Das wüsste ich."
Christian überlegte. „Wir könnten sie natürlich einfach hier aussetzen. Zum nächsten Dorf sind es nicht mehr als fünf Kilometer."
Lisa riss die Augen auf und formte den Mund zu einem erstaunten O.
Christian lachte. „Aber natürlich sind wir nette Menschen und nehmen sie mit zurück. Und in Zukunft passen wir einfach auf, dass sie nicht wieder ohne Fahrschein einsteigt."

4

Beim kurzen Zwischenstopp auf halber Strecke am Wasserturm hielt Christian nach Lisa Ausschau. Als er sie entdeckte, kümmerte sie sich ganz hinten am Zug um eine Mutter und ein kleines Kind. Und dann gab Willi schon das Signal, dass Adele wieder abfahrbereit war. Christian ließ die Pfeife ertönen, und alle stiegen ein. Weiter ging es zum Wasserfall.

Er genoss die Fahrten mit der alten Lok. Sie steckten ihm sozusagen im Blut, denn schon sein Großvater war Lokomotivführer gewesen, noch bevor die Strecke in diesem Tal elektrifiziert worden war. Später hatte der den historischen Eisenbahnverein gegründet, der sich darum gekümmert hatte, dass der Museumszug wieder eingesetzt wurde. Besonders schön waren die vier Adventsfahrten – mit jeder Tour rückte Weihnachten ein Stück näher.

Die kleine Bahnstation am Wasserfall bot nicht nur die Möglichkeit, die Lok umzurangieren, sondern dort befand sich auch ein kleiner Kiosk mit Informationstafeln, Ansichtskarten und Schnickschnack, den Henriette während des Halts bewirtschaftete. Und dann war da natürlich der Wasserfall selbst mit seinem glasklaren Bergwasser, das aus luftigen Höhen sprudelnd über die Felsen herabschoss.

„Ich hab das Rauschen schon vernommen, ich glaube, wir sind angekommen", reimte Willi. „Bin schon gespannt, wie Lisa alles gestemmt hat."

Christian schaute aus dem offenen Fenster zu, wie alle Gäste ausstiegen und den Weg zum Wasserfall einschlugen. Bis auf Lisa, die forschen Schrittes zur Lokomotive marschierte.

„Na, alles klar?", fragte er, als sie in Hörweite war.

„Fast. Da ist nur eine Frau …" Sie zog eine Grimasse. „Sie hat keinen Fahrschein. Und ich weiß nicht, was in einem solchen Fall zu tun ist.

us Anlass
chtsmarktes
npflok Adele 52 4867
14:25 16:25 18:25
14:38 16:38 18:38
14:45 16:45 18:45
15:00 17:00 19:00
15:25 17:25 19:25
15:28 17:28 19:28
15:50 17:50
16:00
16:08
16:23

Abteil 5

Christian winkte und wandte sich ab. „Wir sehen uns beim nächsten Halt. Und – schön, dass du im Team bist."
Ja, schön, hallte es durch Lisas Kopf. Wunderschön. Vor allem diese Augen …
Lisa lief ein bisschen herum, ließ dabei den Blick schweifen, und entdeckte Erna Bauer, die versonnen den Wasserfall betrachtete.
„Na, Frau Bauer, genießen Sie den Anblick?"
Die alte Dame nickte so heftig, dass ihr beinahe ihr Hut vom Kopf fiel.
„Das weckt in mir Erinnerungen. Deshalb musste ich auch unbedingt mit dem Zug an diesen Ort fahren." Sie biss sich auf die Lippen, als hätte sie schon zu viel gesagt.
Lisa brachte es jetzt nicht übers Herz, ihr deutlich zu machen, dass sie keinesfalls wieder ohne Fahrschein einsteigen durfte. Zu sehr rührte sie dieser sehnsüchtige und traurige Blick.
Ihr blieb ohnehin keine Zeit, denn eine Frauenstimme schrie vollkommen aufgebracht: „Ich bin beklaut worden! Meine Geldbörse ist weg!"

5

Erst einmal tief durchatmen, versuchte Lisa sich zu beruhigen. Das Problem mit Erna Bauer war vorerst gelöst, aber sie wollte später noch ein ernstes Wörtchen mit der alten Dame reden.

Jetzt steuerte sie auf Henriettes Kiosk zu, der von den Fahrgästen umlagert war. Girlanden mit dicken roten Holzkugeln rahmten das Verkaufsfenster, an den Seiten der Holzhütte standen beleuchtete Tannenbäume und die Szenerie wurde vom Rauschen des Wasserfalls untermalt. Dazu die weiß gepuderte Landschaft … Was für ein himmlischer erster Advent! Lisa ging regelrecht das Herz auf.

„Wunderbar, oder?"

Sie fuhr zusammen, als sie Christian neben sich bemerkte. Er deutete im Kiosk zu einer geschnitzten Weihnachtskrippe, die so filigran gearbeitet war, dass Lisa sich kaum vorstellen konnte, wie der Künstler das bewerkstelligt hatte. Am liebsten hätte Lisa sie gekauft, aber damit wollte sie dann doch bis zur letzten Tour warten, denn das Kunstwerk war ganz schön teuer.

„Ich wollte die Krippe schon im letzten Jahr haben, aber es ist doch ein stolzer Preis", meinte Christian. „Und wie ich sehe, hast du auch ein Auge darauf geworfen."

Lisa spürte, wie sie rot anlief. „War das so deutlich zu sehen?"

„Ja", antwortete Christian mit einem schelmischen Grinsen, das Lisa durch Mark und Bein fuhr.

Sie räusperte sich. „Ich überlasse dieses Schmuckstück natürlich gerne dir – vordrängeln ist nicht so mein Ding."

„Wir können ja versuchen, uns auf der letzten Fahrt zu überbieten", schlug Christian vor. „Oder wir losen."

„So machen wir das", gab Lisa zurück. „Ich muss mich jetzt aber um Erna Bauer kümmern und ihr ein wenig die Leviten lesen."

Abteil 6
Fahrt Nr.

„Neumann."
„Ich saß ihr direkt gegenüber", erklärte ein Mann mit Schnauzbart. „Aber ich habe nicht gesehen, dass irgendjemand Frau Neumanns Tasche nahegekommen ist. Sie hatte die ja die meiste Zeit auf dem Schoß."
Ein etwa zehnjähriger Junge zupfte an seinem Ärmel. „Aber Papa, am Anfang ist die einmal runtergefallen."
„Vielleicht ist die Geldbörse dabei herausgerutscht? Wir sollten mal unter die Sitzbänke schauen!", schlug Lisa vor.
Im Nu folgten alle Frau Neumann und Lisa in den Wagen.
„Hier ist mein Platz." Frau Neumann bückte sich und alle taten es ihr gleich. Doch unter den Sitzen war nichts zu entdecken.
„Was ist denn hier los?", raunte Christian plötzlich Lisa ins Ohr. „Ich habe gesehen, dass es wohl ein Problem gibt. Kann ich helfen?"
Wie schön es war, seine Stimme zu hören und ihn bei sich zu wissen, dachte Lisa.
„Frau Neumann vermisst ihre Geldbörse."
„Irgendwo hier ist ein Dieb!", sagte der Junge mit glänzenden Augen. „Den müssen wir fassen!"
In diesem Moment klingelte Frau Neumanns Handy. Sie fischte es aus der Tasche und antwortete ohne Anrede: „Stell dir vor, ich bin beklaut worden!"
Dann lauschte sie, biss sich auf die Lippen und riss die Augen auf. „Oh. Okay, danke", sagte sie leise.
Sie sah in die Runde. „Ähm, es tut mir wirklich leid, dass ich so einen Aufstand gemacht habe." Frau Neumann lächelte kleinlaut. „Mein Freund hat gerade angerufen, weil ich meine Geldbörse zu Hause auf dem Tisch vergessen habe ..."

6

Ein Diebstahl! Lisa schaute sich aufmerksam um. Neben dem ersten Waggon stand eine Gruppe von Menschen und diskutierte aufgeregt. Eine junge Frau mit orangefarbener Mütze wühlte verzweifelt in ihrer großen Handtasche.
Mit großen Schritten eilte Lisa dorthin.
„Nein, die Geldbörse ist wirklich weg, schauen Sie doch selbst!“, sagte die Frau aufgeregt und hielt ihre geöffnete Tasche so, dass die Umstehenden hineinschauen konnten. „Ich wollte mir am Kiosk eine Kleinigkeit kaufen, aber jetzt … Und mein Ausweis ist auch da drin, mein Führerschein und meine Bankkarte …“ Tränen standen ihr in den Augen.
Die junge Mutter, um die sich Lisa vorhin gekümmert hatte, sah sich ängstlich um und drückte ihren kleinen Sohn an sich, als wollte ihn ihr jemand stehlen.
„Wir müssen alle Leute durchsuchen“, verlangte ein älterer Mann und erntete empörte Blicke. „Weit kann er nicht gekommen sein, also der Dieb. Oder die Diebin.“
Ein anderer nickte und fuhr Lisa an: „Nun tun Sie doch endlich was!“
Lisas Herz pochte laut. Sie fühlte sich dieser Situation nicht gewachsen. Aber sie trug die Schaffnerin-Uniform und war somit eine Art Respektsperson.
„Natürlich können wir niemanden durchsuchen“, sagte sie. „Aber vielleicht finden wir heraus, was genau passiert ist.“
„Da gibt es nichts herauszufinden“, ereiferte sich die Bestohlene. „Meine Geldbörse ist weg!“
„Und ist irgendjemandem von Ihnen etwas aufgefallen? Wer saß denn in der Nähe von Frau …?“

7
ßer Wei
in Tan
4. Adven

Auf dem Weg zur Lokomotive ertappte er sich dabei, dass er immer noch Lisas braune Augen mit den langen Wimpern vor sich sah. Sie hatten wirklich Glück mit ihr. Ihre Rolle als Schaffnerin auf dieser, ihrer ersten Fahrt übernahm sie mit viel Herz. Fast war er sich sicher, dass sie drauf und dran gewesen war, Frau Neumann selbst das Geld zu leihen.
Er beschloss, Lisa auf einen Kaffee einzuladen, wenn sie zurück in Tannenheim waren. Er würde sich gerne einmal länger mit ihr unterhalten. Ihre umsichtige, ruhige Art gefiel ihm. Sehr.
Die ganze Rückfahrt über freute sich Christian auf diesen abschließenden Kaffee. Doch als sie schließlich in den Bahnhof eingefahren waren und er aus dem Fenster der Lok beobachtete, wie die Fahrgäste ausstiegen, musste er feststellen, dass auf dem Bahnsteig ein Mann auf Lisa wartete und sie zur Begrüßung umarmte.
Zwar drehte sie sich nach ihm und Willi um und winkte zum Abschied, aber dennoch spürte Christian ein kleines enttäuschtes Zwicken in der Bauchgegend.

7

Den Stein, der Lisa vom Herzen fiel, konnte Christian förmlich hören. Die ganze Diebesgeschichte war zum Glück nichts als ein Missverständnis gewesen. Auch er atmete erleichtert auf.
„In zehn Minuten geht es weiter“, erklärte er dann so laut, dass die Umstehenden ihn gut hören konnten. „Alle, die noch ein Andenken kaufen möchten, haben jetzt kurz die Gelegenheit dazu.“
Frau Neumann seufzte tief. „Da hab ich heute wohl Pech gehabt.“
Lisa öffnete den Mund, um etwas zu sagen, doch in diesem Moment fragte eine ältere Frau: „Wohnen Sie nicht auch im Lärchenweg? In dem gelben Haus?“
Frau Neumann nickte.
„Ich wohne schräg gegenüber – ich könnte Ihnen ein wenig Geld leihen.“
Ein Strahlen ging über Frau Neumanns Gesicht. „Würden Sie das wirklich tun? Das wäre so schön! Morgen hat nämlich mein Freund Geburtstag, und ich habe im Kiosk genau das richtige Geschenk für ihn gesehen.“
„Dann gehen wir doch schnell gemeinsam hin und ich lege das Geld aus. Wir können nach der Tour zusammen nach Hause spazieren und Sie geben es mir zurück.“
Die beiden stiegen aus und strebten eilig auf Henriettes Kiosk zu. Es gab also doch noch Weihnachtswunder!
„Am Ende wird alles gut“, sagte Christian.
„Und wenn es nicht gut ist, ist es nicht das Ende“, erwiderte Lisa schmunzelnd.
„Genau. Aber jetzt muss ich wieder nach vorne ...“ Christian nickte in die Runde. „Ich wünsche weiter viel Vergnügen bei unserer Adventsfahrt.“

№ 2205
ADELE
1886

MASCHINEN-FABR
EMIL KES
1886
№ 2205
8
1886

„Hallo, da bin ich wieder, und ich hätte gern einen Tee", hörte Henriette die leicht schnarrende Stimme Erna Bauers.
Die setzte sich an einen Fensterplatz, nahm den Hut vom Kopf, behielt den dicken Wollmantel aber an. „So warm ist es ja noch nicht hier drin", erklärte sie.
Henriette wollte vorsorglich schon mal nach der Fahrkarte fragen, aber dann schluckte sie die Worte hinunter. Das war nicht ihre Aufgabe, das musste Lisa später klären.
„Mein Sohn fährt ebenfalls bald wieder mit. Er lädt mich ein. Auch zur Schwarzwälder Kirschtorte."
Henriette entging der begehrliche Blick zur Tortenauslage nicht. Oje, das alles versprach doch wieder einige Turbulenzen, und wie zur Bestätigung ruckelte eine kräftige Böe am Waggon.
Henriette war froh, als Willi, Lisa und Christian den Bahnsteig betraten. Sie machten einen entspannten Eindruck und steuerten sofort auf den Speisewagen zu.
„Der Wind, der Wind, das himmlische Kind, Adele rast dann richtig geschwind", reimte Willi, als er Henriette zur Begrüßung die Hand gab.
Sie lachte innerlich. Willi war immer so altmodisch förmlich. Aber nun war das Team komplett. Sie freute sich auf die Fahrt.

8

Das zweite Adventwochenende war gekommen und es ging wieder los. Henriette rieb sich die Hände. Die erste Fahrt war für Lisa sehr turbulent gewesen, aber die junge Frau hatte sich trotz der Widrigkeiten wacker geschlagen. Es wäre dennoch fein, wenn es dieses Mal ein wenig ruhiger zugehen würde.

Henriette grinste. Obwohl – als es mit dem vermutlichen Diebstahl brenzlig geworden war, hatte Christian parat gestanden, und ihr war nicht entgangen, wie verlegen das Zusammentreffen Lisa gemacht hatte. Offensichtlich war auch, wie gern Christian in Lisas Nähe war. Sie gäben ein wunderbares Paar ab, da war Henriette sicher. Aber sie kannte Christian lange genug, um zu wissen, dass er sich mit Beziehungen schwertat, nachdem ihn seine letzte Freundin so Knall auf Fall wegen eines anderen verlassen hatte.

„Immer diese trauernden Männer", murmelte Henriette, denn auch Willi war so einer. Benannte die alte Lok nach seiner verstorbenen Frau Adele, was ja ganz niedlich und ehrenwert war, aber er beachtete gar nicht, wer sonst noch um ihn herum lebte. Sie zum Beispiel.

Henriette strich sich durchs Haar und schaute ihr Spiegelbild in der Scheibe des Speisewagens an. Dann seufzte sie. Sie sollte sich jetzt lieber darauf konzentrieren, dass ihr Speisewagen gleich hübsch aussah und dass sie für den Verkauf am Wasserfall nichts vergaß. Doch auf einmal hielt sie inne und schaute richtig aus dem Fenster. Verdammt, das sah da draußen ja gar nicht gut aus!

Von den Bergen her näherte sich eine dunkle Wand, die nichts Gutes verhieß.

Sie öffnete das Fenster, um die Wolken genauer zu betrachten. Der Speisewagen wurde sofort von eiskalter Luft geflutet, sodass sie es rasch wieder schloss.

TANNENHEIM
TANNENHEIM
Abfahrt
Ankunft

9
ADELE
RTS

durchfrieren, freut sich Henriette, weil sie dann hinterher mehr Kaffee und Tee verkauft. Das ist anders als Anno neunz …"

„Jetzt geht's los", verkündete Christian, denn dicke Flocken landeten auf dem kleinen Fenster, durch das er nach vorn hinausschauen konnte, und behinderten die Sicht.

„Es schneit, es schneit …", begann Willi zu singen. Dann schlug er Christian auf die Schulter. „Zieh nicht so 'n trübes Gesicht, Junge. Im Auto wär's jetzt gefährlicher. Adele fährt auf ihren Schienen, das wird zur Sicherheit uns dienen!"

„Hast ja recht, Willi. Ich weiß auch nicht, was heute mit mir ist. Bin wohl mit dem linken Fuß zuerst aufgestanden. Eigentlich liebe ich Schnee."

„Denk mal an unsere Fahrgäste, was die heute für einen tollen Anblick genießen können! Die werden so glücklich sein, dass sie nicht nur Henriette, sondern auch uns beiden Schönen ihr Trinkgeld förmlich aufdrängen!"

Nun musste Christian doch lachen.

„Wir werden sehen!"

9

Die Lokomotive war startklar für die zweite Adventstour in diesem Jahr, und Christian genoss wie immer ganz bewusst den Moment, in dem sie sich in Bewegung setzte.
Allerdings sah er mit etwas Sorge aus dem Fenster. Solch dicke schwarze Wolken verhießen bei den augenblicklichen Temperaturen kräftigen Schneefall. Nun ja, dann würden die Kinder an der Wasserfall-Station Schneemänner bauen können und die Kaskaden würden mit den verschneiten Felsen einen besonders schönen Anblick bieten. Das würde Lisa sicher freuen.
Es gefiel Christian, mit welcher Selbstverständlichkeit sie auch heute wieder als alleinige Schaffnerin mitfuhr. Die meisten Vereinsmitglieder, die diesen Dienst bei anderen Ausflugsfahrten übernahmen, wollten nur im Zweierteam eingesetzt werden.
Auch Willi war von Lisa angetan, er hatte nach der letzten Fahrt, als sie die Lok Adele zurück ins Eisenbahndepot gefahren hatten, sogar gereimt: „Heute war ein schöner Tag, weil ich unsre Lisa mag."
Christian mochte Lisa ebenfalls – sogar fast ein wenig zu sehr. Leider war sie offenbar in festen Händen. Aber andererseits war er schließlich auch nicht auf der Suche nach einer Freundin.
Er runzelte die Stirn. Draußen schien es immer dunkler zu werden, je tiefer die Strecke ins Tal hineinführte. Automatisch checkte er die Zeiger der Instrumente. Sie zeigten alle perfekte Werte an.
„Nicht das beste Wetter heute", sagte er zu Willi, der gerade eine große Schaufel Kohle ins Feuer schippte.
„Es war schon mal schlimmer." Willi zuckte mit den Achseln. „Im Zug ist es schließlich warm, und wenn die Leute in der Pause schön

Abteil 10
Großer W
in T
Adv

„Kann doch sein. Bei Jim Knopf und Lukas der Lokomotivführer ist in der schwarzen Höhle sogar der Dampf gefroren, als es so kalt war. Und ohne den Halbdrachen Nepomuk hätten sie auch keine Kohle mehr gehabt."

Lisa strich Imke über das dunkle Haar. „Bei uns heizt Willi. Der ist sehr stark und hat so viele Kohlen eingepackt, dass wir damit ganz sicher weit kommen werden."

Das beruhigte Imke sichtlich. „Aber es ist kalt im Waggon", sagte sie. „Kälter als vorher."

Lisa bemerkte, dass auch die anderen Fahrgäste fröstelten. Als sie aus dem Fenster schaute, wurde deutlich, dass sich die Fahrt der Lok merklich verlangsamt hatte.

Mist, schoss es Lisa durch den Kopf. Da stimmt was nicht.

Frau Bauer rieb sich allerdings die Hände. „Das hatten wir schon mal. Ein Halt auf freier Stecke, weil wir eingeschneit waren. Mein Abenteuer mit Heiko wiederholt sich, wie schön."

Lisa trat auf Frau Bauer zu. „Wer ist Heiko? Ihr Sohn?"

Sie bekam keine Antwort, denn der Zug stoppte mit einem heftigen Ruck.

„Bleiben Sie alle ganz ruhig", rief Lisa. „Ich kläre das!"

10

Lisa beobachtete Frau Bauer. Zwar strahlte die alte Dame übers ganze Gesicht, als sie den vielen Schnee vom Himmel fallen sah, aber etwas an ihrer Haltung beunruhigte Lisa.

Frau Bauer saß ein wenig zu sehr in sich zusammengesackt, und manchmal versteinerte sich ihr Gesicht kurz – so, als wäre ihr ein furchtbar trauriger Gedanke durch den Kopf geschossen. In diesen Augenblicken wäre Lisa am liebsten zu ihr gestürmt und hätte sie in den Arm genommen. Aber das wäre unprofessionell gewesen. Was würde Christian wohl sagen, wenn sie mit den Fahrgästen kuschelte!

Lisa musste bei dem Gedanken grinsen.

„Hu, das schneit aber heftig“, hörte sie jetzt.

Und tatsächlich: Außer dichtem Schneegestöber war draußen nichts mehr zu erkennen. Der Waggon verdunkelte sich merklich, und die elektrischen Lichter gingen an.

„Ich hab Angst“, wimmerte ein kleines Mädchen mit dunklen Zöpfen.

Lisa trat auf sie und die Mutter zu. Sie beugte sich zu der Kleinen. „Wie heißt du denn?“

„Imke“, antwortete die. „Wir machen hier Urlaub, und ich wollte unbedingt mit dem Weihnachtszug fahren.“

„Du brauchst dich nicht fürchten“, beruhigte Lisa sie. „Wir haben mit Christian einen sehr erfahrenen Lokführer, und der passt wunderbar auf uns auf.“

Imke schaute Lisa mit ihren großen braunen Augen an. „Und wenn die Kohle ausgeht, weil es so kalt ist, dass sie nicht reicht?“

„Wie kommst du darauf?“

11

Lisa nickte. „Ich schick dir ein paar Leute." Sie drehte sich um, und er hörte, wie sie mit freundlicher, aber fester Stimme nach helfenden Händen fragte. Beruhigt ging er zurück nach vorn, wo Willi bereits die ersten Zweige zur Seite geräumt hatte.
„Für den großen Ast da brauchen wir mindestens vier bis sechs Mann, das ist ein halber Baum!", verkündete er.
„Lisa schickt uns Helfer." Christian zog schon mal einen der kleineren Äste von den Schienen.
Und da kamen sie – sechs Männer und zwei Frauen. Eine davon war Lisa! Christians Herz schlug augenblicklich schneller.
„Zwei fassen dort an und zwei hier, und dann muss da drüben …", dirigierte Willi.
Christian nahm die Gelegenheit wahr, am selben Ende des dicken Astes zuzupacken wie Lisa. Geschickt umfasste sie einen der Zweige wie einen Haltegriff, und auf Willis Kommando hievten alle das Holz Stück für Stück zur Seite. Die restlichen Äste waren eine Kleinigkeit.
Als die Strecke endlich frei war, atmeten alle erleichtert auf und strahlten einander an.
„Der Schneefall lässt jetzt nach", stellte Christian fest. „Wir können weiterfahren. Der Halt am Wasserfall darf heute allerdings nur kurz sein. Wir haben viel Zeit verloren."
„Ich denke, das ist den Fahrgästen recht", sagte Lisa. „Von denen will wohl keiner mehr lange in die Kälte."
„Ach herrje! Ich sollte mich schnellstens um den Dampfkessel kümmern. Sonst ist die Wärme im ganzen Zug futsch! Und es dauert ewig, bis …"
Willi stieg eilig wieder in die Lokomotive.

11

„Scheibenkleister!“, fluchte Christian.
„In diesem Fall kannst du auch gern das andere Wort mit Sch verwenden“, brummte Willi. „Mir sind bei dem Ruck sämtliche Kohlen von der Schaufel gesprungen. Guck dir die Sauerei an. Musste das sein?“
„Ja. Musste es. Da vorne ist was auf den Schienen!“
Rasch zog Christian Jacke und Mütze an und kletterte aus der Lokomotive. Der Schnee lag bereits mehr als knöchelhoch, als er nach vorn stapfte. Ja, er hatte richtig gesehen. Zum Glück hatte er die Geschwindigkeit rechtzeitig reduziert, so war er weit genug vor dem Hindernis zum Stehen gekommen.
Mehrere dicke Äste mit struppigen Zweigen waren quer über die Schienen gefallen und versperrten nun den Weg.
„Sieht ja nicht gerade gut aus“, sagte Willi plötzlich hinter ihm. „Da brauchen wir Hilfe. Ich schau mal, ob ich Netzempfang habe und wen erreichen kann.“
Christian schüttelte den Kopf. „Das wäre das erste Mal, dass man in diesem Tal ein Handy benutzen kann. Versuch mal den Notfunk!“
Er wartete gespannt, bis Willi beides probiert hatte und den Kopf schüttelte.
„Dann müssen wir uns selbst helfen. Es gibt doch sicher ein paar starke Leute im Zug.“ Entschlossen drehte sich Christian um und marschierte zum ersten Waggon. Wie von Geisterhand öffnete sich vor ihm die Tür und Lisa erschien.
„Was ist …?“, fragte sie überrascht.
„Willi und ich brauchen Hilfe. Da vorne liegen Äste auf den Schienen. Das schaffen wir nicht allein.“

Tanne
←12 km

falls hatten. Die meisten stürmten Henriettes Bude und waren froh, wenn sie einen Becher mit Glühwein ergattern konnten. Der süßliche Duft zog sich bis hierher.
„Lass die Leute“, sagte Christian. „Komm mit, ich zeig dir was.“ Er nahm Lisa an die Hand und führte sie ein Stück am Wasserfall vorbei. Der Schnee lag sehr hoch, aber sie stapften tapfer hindurch.
Lisa sah Christian fragend an, als er auf zwei Bäume deutete. Sie wirkten, als würden sie sich mit ihren starken Ästen umarmen. Ihre Wurzeln stecken in dicken weißen Schuhen und der Wind hatte die Stämme leicht gepudert.
„Zwei sich liebende Bäume!“, rief Lisa aus.
„Ich habe das noch nie jemandem gezeigt“, sagte Christian.
„Warum nicht?“
„Ich dachte, das wäre zu kitschig.“
„Es ist fast noch schöner als die Eiszapfen am Wasserfall“, sagte Lisa ehrfürchtig.
Das Pfeifen der Lok riss die beiden aus ihrer andächtigen Stimmung. Bedauernd schauten sie sich an. Sie mussten zurück.

12

Als sie den Wasserfall erreichten, atmete Lisa erleichtert auf. Trotz der körperlichen Anstrengung waren ihr bei der Aktion auf den Schienen eben fast die Hände abgefroren. Willi war es leider seitdem nicht gelungen, der guten Adele wieder richtig einzuheizen, sodass die Waggons kalt geblieben waren.
Am wärmsten war es im Speisewagen, was Henriette zugutekam. So viel heißen Tee hatte sie wohl lange nicht mehr verkauft.
Wie abgesprochen, erklärte Lisa den Fahrgästen nun, dass der Halt abgekürzt werden musste, obwohl sie es doch etwas bedauerte, als sie sah, wie pittoresk sich die winterliche Landschaft des Grödertals nach dem heftigen Schneefall präsentierte.
Zweige und Äste bogen sich unter der Last, und ab und zu fielen ein paar Schneenester hinab. Der Wasserfall war zum Teil gefroren, und es hatten sich bizarre Zapfen wie in einer Tropfsteinhöhle gebildet.
„Das ist …“, flüsterte Lisa, aber sie fand für diese Schönheit einfach keine Worte.
Sie fühlte plötzlich zwei Hände, die sich auf ihre Schultern legten.
„… das Weihnachtsparadies im Grödertal“, vervollständigte Christian ihren Satz.
„Paradies trifft es tatsächlich“, raunte Lisa. „Ich glaube, ich habe noch nie etwas so Schönes gesehen.“
„Es ist jedes Mal etwas ganz Besonderes“, bestätigte Christian. Seine Stimme hatte sich verändert. Sie klang eine Spur wärmer. Weicher. Liebevoller?
Lisa schluckte. Sie sollte sich besser nicht in etwas verrennen. Christian war ihr Kollege, sonst nichts.
Sie wandte den Kopf und sah, dass viele Fahrgäste gar keinen Blick für die Schönheit der Landschaft und die Einzigartigkeit des Wasser-

13

Ihre Augen so leuchten zu sehen, wenn Willi oder er ihre Fragen beantworteten, war ein schöner Abschluss dieser Fahrt. Es fiel Christian ziemlich schwer, sich von ihr zu verabschieden. Eine Woche war eine lange Zeit.

Sie konnten zum Glück noch ein Stück gemeinsam durch die verschneiten Straßen laufen, weil sie denselben Weg hatten.

„Es war wirklich schön am Wasserfall", sagte sie. „Überhaupt – dies war eine ganz besondere Fahrt."

Christian nickte.

„Allerdings", fuhr sie fort, „habe ich meine Arbeit nicht besonders gut gemacht. Die Sache mit Erna Bauer und ihrem Fahrschein konnte ich noch immer nicht klären …"

„Die alte Dame könnte etwas verwirrt sein."

„Möglich." Lisa seufzte. „Sie scheint aber immerhin sehr viel Vergnügen an der Adventstour zu haben." Sie blieb an der Kreuzung stehen. „Hier muss ich abbiegen."

Einen Moment lang glaubte Christian, in ihren Augen etwas zu lesen. Sein Herz schlug schneller, und er wollte sie fragen …

„Leider habe ich keine Zeit mehr, werde erwartet", sagte sie. „Also tschüss dann!"

Christian schluckte seine Enttäuschung runter. „Noch einen schönen Sonntag", wünschte er schnell.

Doch ihr andächtiger Blick angesichts der liebenden Bäume ging ihm den ganzen Abend nicht aus dem Sinn.

13

Zum Glück gelang es Willi während des Aufenthalts am Wasserfall, den Kessel wieder kräftig zu heizen, und die Fahrgäste mussten auf der Rückfahrt nicht mehr frieren. Trotz der Unannehmlichkeiten durch den Schneesturm schienen alle bester Laune, als sie am Tannenheimer Bahnhof ausstiegen.

Christian schaute aus dem offenen Seitenfenster und wartete auf Lisas Signal, dass der Zug leer war und er ihn ins Depot fahren konnte.

„Nette Frau, diese Lisa", erklärte Willi, als hätte er Christians Gedanken gelesen. „Sie hat bei den Ästen richtig gut mit angepackt. Ist praktisch veranlagt."

„Mhm", erwiderte Christian. „Stimmt. Aber sie hat auch einen Sinn für Schönheit."

Willi begann, leise zu lachen. „Und Romantik? Ich habe gesehen, dass du mit ihr spazieren gegangen bist."

„Ach, was du wieder denkst!"

Doch tatsächlich konnte Christian selbst nicht aufhören, an den zauberhaften Moment bei seinem Lieblingsbaum zu denken. Wenn er nicht wüsste, dass Lisa bereits vergeben war, würde er sie nur zu gern näher kennenlernen. Viel näher.

Nun sprach sie mit Henriette und verabschiedete sich von ihr, bevor sie nach vorn zur Lok kam.

„Alles klar!", rief sie zu ihm herauf. „Bis nächsten Sonntag."

„Warte!", sagte Christian schnell. „Hast du Lust, Adele mit Willi und mir in den Lokschuppen zu fahren?"

Lisa glitt ein Strahlen übers Gesicht. „Das wäre toll!" Christian öffnete ihr die Tür, und sie kletterte herauf. „Auf diese Weise erlebe ich Adele jetzt hier vorne richtig in Aktion!"

№ 2205
ADELE
1886

№2205
14
1886
1886

„Hallo Henriette!“, riss sie Lisas fröhlicher Gruß aus ihren Gedanken.
„Hallo! Hattest du eine gute Woche?“
„Und was für eine! Jetzt freue ich mich auf unsere Fahrt. Ist Christian vorne bei Willi?“ Lisa bekam plötzlich feuerrote Wangen.
Henriette nickte. „Er hilft beim Vorheizen. Wieso?“
„Nur so. Dann können wir ja pünktlich losfahren.“
Täuschte sich Henriette oder vertiefte sich das Rot noch mehr? Sie musste unbedingt herausfinden, was es mit dem jungen Mann vom Bahnsteig auf sich hatte.
„Hilfst du mir bei den frischen Tannengestecken? Die anderen nadeln bereits.“
Mit flinken Fingern ging Lisa ihr zur Hand.
„Neulich auf dem Bahnsteig, da bist du abgeholt worden“, begann Henriette.
Lisa wollte eben antworten, als Christian eintrat.
„Da bist du ja“, brachte sie hervor.
Henriette würde einen Besen fressen, wenn das keine echte Freude war. Also so richtig.

14

Schon wieder war eine Woche vergangen, heute brannte bereits die dritte Kerze. Henriette war gerade dabei, die Waren, die sie beim Großhändler und im Café Müller geordert hatte, im Lager und im Tresen des Speisewagens zu verstauen.
„Na, Henriette, du Nette!", dröhnte Willis Stimme. „Bist du schon wieder fleißig?"
„Das muss ich ja. So viel Tee und Kekse, wie die Fahrgäste bei unserem unfreiwilligen Halt verdrückt haben."
„Diese Fahrt wird sicher ruhiger."
„Ich hoffe es jedenfalls, damit sich unsere beiden jungen Leute mal näherkommen können. Wenn so viel los ist, wird das ja nie was."
Willi betrachtete seine Nägel, die immer etwas schwarz von der Kohle waren. „Hast du keine Augen im Kopf?"
„Warum?" Henriette nahm den Stollen aus dem Karton und prüfte ihn. Er sah hervorragend aus.
„Unsere Lisa scheint in festen Händen zu sein. Sie ist kürzlich am Bahnhof jemandem um den Hals gefallen."
Henriette schob die Unterlippe vor. „Schade. Ich hatte mir das so schön ausgemalt, weil ich finde, sie und Christian passen richtig gut zusammen. Sie waren bei seinem Baum!"
Willi blinzelte ihr zu. „Ich wusste gar nicht, dass du eine solche Romantikerin bist."
„Du weißt viele Dinge nicht von mir" Henriette wandte sich blitzschnell ab. Schulterzuckend verließ Willi den Speisewagen.
Du weißt viele Dinge nicht von mir, Heizer Willi, wiederholte sie in Gedanken und räumte die Vorräte weiter ein. Dennoch, er war ein Guter.

NOTBREMSE
Missbrauch strafbar
15

Eine Viertelstunde später – pünktlich auf die Minute – verließen sie den Bahnhof Tannenheim. Und obwohl Christian das Herz ein bisschen schwer war, wenn er daran dachte, wie Lisa wohl gerade die Fahrkarten kontrollierte, genoss er seine Rolle als Lokomotivführer.

Mit beruhigendem Sch-sch-sch fuhren sie leicht bergauf am Waldrand entlang.

„Wunderbares Wetter heute – freuen tun sich alle Leute", reimte Willi und schippte grinsend die nächste Schaufel Kohle ins Feuer.

Ja, das Wetter war herrlich, die Sonne schien vom blauen Himmel, die Luft war frostig klar. Der Wasserfall würde mit glitzernden Eiszapfen ein tolles Fotomotiv abgeben. Vielleicht konnte er …

In diesem Augenblick zerriss ein grelles Quietschen die Stille, und der Zug ruckte heftig. Willi ließ seine Schaufel fallen, um sich festzuhalten, und auch Christian schwankte, bevor er das Gleichgewicht wiederfand.

Adele glitt noch einige Meter vorwärts und kam dann zum Stehen.

„Notbremse?", fragte Willi überrascht.

„Schau mich nicht so an – ich war's nicht. Im Zug muss was passiert sein!"

15

Lisa schien sich wirklich zu freuen, ihn zu sehen. Das überraschte Christian, schließlich war sie heute nicht allein zum Weihnachtsexpress gekommen. Er hatte vorhin aus Adeles Fenster nach ihr Ausschau gehalten und gesehen, dass der Mann, den sie neulich umarmt hatte, sie begleitete. Lisa hatte ihn gleich in einen der Wagen einsteigen lassen – er würde offenbar an dieser Fahrt teilnehmen.

„Hallo Lisa", sagte Christian und bemühte sich um einen fröhlichen, unverfänglichen Tonfall. „Bist du bereit für eine ganz entspannte Fahrt? Dieses Mal ganz ohne Taschendiebe oder Schneegestöber?"

„Es gibt auch Fahrten ohne Abenteuer?", scherzte Lisa.

„Durchaus – normalerweise steigen die Leute ein, schauen aus dem Fenster ins schöne Grödertal und haben eine gute Zeit hier bei unserer Henriette im Speisewagen."

„Nicht zu vergessen am Wasserfall", ergänzte Lisa.

Christian räusperte sich und tat, als ob er den Christstollen genauer betrachten musste. An jenen Moment mit Lisa wollte er jetzt nicht denken, denn irgendwo weiter hinten im Zug saß ihr Freund.

„Da kriegt man mal wieder schon beim Angucken Appetit, Henriette", sagte er. „Irgendwann fahre ich einfach als Gast hier mit!"

„Du bist immer herzlich willkommen", antwortete Henriette, „nicht wahr, Lisa?"

Lisa schien etwas ergänzen zu wollen, aber Christian war schneller: „Gut, dann geh ich mal. Die Fahrgäste können jetzt einsteigen." Dann machte er sich auf den Weg zur Lok.

kt

NOTBREMSE
Missbrauch strafba
16

Im Speisewagen war Henriette dabei, einen Haufen Scherben zusammenzukehren. Sie wirkte richtig böse. „Guckt euch das Desaster an!“ Sie deutete auf die heruntergefallenen Gläser und Tassen. Es polterte, als sich Willi, der von der Lokinspektion zurückkam, den Schnee von den Schuhen klopfte.
„Und?“, fragte Lisa.
„Nichts. Ist wer zu Schaden gekommen?“
Lisa schüttelte den Kopf.
„Meine Tassen und Gläser, das seht ihr doch“, grummelte Henriette.
„Wir müssen herausfinden, wer die Bremse gezogen hat“, murmelte Christian.
Lisa ging im Kopf die Fahrgäste durch. Ihr fiel keiner ein, der sich auffällig verhalten hatte. Zwar fuhr auch wieder Erna Bauer mit, aber Lisa hatte beschlossen, es stillschweigend zu ignorieren, falls die alte Dame wieder keinen Fahrschein hatte. Sie hatte etwas so Verletzliches.
„Geht es nun weiter?“, fragte Lisa.
Christian schaute sie länger als nötig an. „Wir könnten die Pause nutzen. Lust auf Rehfütterung? Die Tiere sind Publikum gewohnt. Es sollten nur nicht zu viele Leute auf einmal sein und sie müssen sich ruhig verhalten.“
„Das ist eine wunderbare Idee. Wenn die Fahrgäste wagenweise schauen und wir dabei darauf achten, dass die Rehe nicht gestört werden, ist das bestimmt kein Problem.“
Christian nickte. „Dann kann dein Freund sie auch beobachten.“

16

„Aua!“ Vorsichtig rieb sich Lisa die Seite. Dank des plötzlichen Rucks war sie mit der Hüfte gegen eine der Holzbänke gestoßen. Das würde einen richtig dicken blauen Fleck geben.
Im Zug herrschte nun heller Aufruhr. Sie standen mitten auf der Strecke an einer großen, tief verschneiten Wiese.
„Guck mal, da am Waldrand stehen ganz viele Rehe!“, hörte Lisa die fiepsige Stimme eines kleinen Jungen, der wohl als Einziger im Waggon keinen Schrecken bekommen hatte.
„Da ist ein Gehege. Die Tiere werden vom Förster gefüttert“, antwortete seine Mutter, die noch immer sichtlich um Fassung rang.
Lisa bemühte sich um ein verbindliches Lächeln. Es war wichtig, dass sie nun die Contenance bewahrte. Schließlich war sie die Schaffnerin und musste Vertrauen ausstrahlen.
„Es ist sicher alles in Ordnung, liebe Fahrgäste“, sagte sie und prüfte rasch, ob es allen gut ging. „Ich gehe kurz abklären, was passiert ist. Bitte bleiben Sie bis dahin auf den Sitzen.“
Sie befand sich im letzten der Waggons und machte sich auf den Weg zur Lok. Auf halber Strecke kam ihr Christian entgegen. „Alles okay?“, fragte er.
„Bislang schon.“
„Vorne auch. Dann lass uns zu Henriette gehen, da ist wahrscheinlich einiges zu Bruch gegangen.“
„Weißt du, was passiert ist?“, fragte Lisa.
„Wenn Willi draußen nichts findet, hat wohl jemand die Notbremse gezogen“, gab Christian Auskunft. „Er schaut vorsichtshalber, ob an der Lok alles in Ordnung ist.“

NOTBREMSE
Missbrauch strafbar

Nicht hinauslehnen!
17

Christian unterdrückte ein Lächeln und sah die alte Dame streng an. „Sie sind nicht zufällig Erna Bauer?“, fragte er.
„Sie kennen mich?“
„Unsere Schaffnerin kennt Sie.“
„Ja, und ich habe ihr schon zwei Mal erklärt, dass ich immer ohne Fahrschein fahre. Das ein drittes Mal zu tun, dazu hatte ich keine Lust, aber sie war schon ganz nahe, also …“
„Also haben Sie für etwas Verwirrung gesorgt?“, fragte Christian.
Erna Bauer zuckte mit den Achseln.
„Sie …“ Willi machte einen großen Schritt auf sie zu, und die alte Dame schreckte zurück.
„Wir klären das am Ende der Fahrt“, sagte Christian schnell. „Jetzt machen wir erst mal den Zug wieder flott.“
Er löste die gezogene Bremse und warf einen strengen Blick in die Runde. „Und damit das klar ist: Wer ohne Notfall die Notbremse zieht, riskiert eine Geld- oder sogar eine Gefängnisstrafe!“
Die Fahrgäste nickten ernst.
„So, und bis wir wieder abfahrbereit sind, wird Ihnen unsere Schaffnerin noch die Gelegenheit geben, mit ihr zum Tiergehege zu gehen und den Rehen an der Futterkrippe zuzusehen.“
„Cool!“ Die kleine Annika lachte.
„War doch gut, dass wir hier gehalten haben“, murmelte Erna Bauer, doch Christian beschloss, diese Bemerkung zu überhören.

17

„Mein Freund?“ Lisa sah Christian überrascht an. Wahrscheinlich wunderte sie sich, woher er wusste, dass der mitfuhr.
„Am besten gehst du gleich mal mit den Fahrgästen zum Gehege, Lisa – da drüben gibt es einen Weg, wo der Schnee nicht tief ist.“ Er zeigte aus dem Fenster. „Und Willi, wir prüfen jetzt mal, in welchem Wagen die Notbremse gezogen wurde.“
Bevor Lisa etwas sagen konnte, drehte Christian sich um und verließ den Speisewagen, dicht gefolgt von Willi.
Die beiden fingen im letzten Wagen an und wurden gleich fündig.
„Aha!“ Willi deutete auf den heruntergezogenen Handgriff. Er zog die dichten Brauen zusammen und musterte die Fahrgäste durchdringend.
Ein Mann wandte seinen Blick ab und schaute aus dem Fenster, ein etwa achtjähriges Mädchen kicherte und stupste ihre Mutter in die Seite.
„Hast du gesehen, wer hier dran gezogen hat?“, fragte Christian und deutete auf die Notbremse.
„Ich petze nicht!“, erklärte das Mädchen entschieden.
„Gut so“, sagte die alte Dame gegenüber und nickte, dass die Federn an ihrem etwas altmodischen Hut wippten. „Petzen ist doof.“
„Sie sollten meine Annika nicht so bestärken“, erwiderte die Mutter streng. „Hier ist immerhin ein Verbrechen geschehen! Ich habe leider nichts gesehen, weil ich gerade die Schokokekse in der Tasche gesucht habe.“
„Na ja“, sagte Christian. „Ein Verbrechen ist das Ziehen der Notbremse nicht, eine Straftat allerdings schon.“
„Muss die alte Frau jetzt ins Gefängnis?“, flüsterte Annika hörbar.

18

lich war es wichtig, dass die Fahrgäste später wieder pünktlich in der Bahn saßen und sie den Rückweg antreten konnten.
Endlich hielt der Zug und Lisa sprang aus dem Waggon.
Sammy machte sich, wie vermutet, sofort auf den Weg zu Willi.
Lisa wartete geduldig, bis auch der letzte Fahrgast Richtung Kiosk oder Wasserfall stapfte, und hielt dann Ausschau nach Christian.
Doch der kam nicht.
„Ob ich ihn verpasst habe und er schon allein zu den Bäumen gegangen ist?", flüsterte sie.
„Geh hin, vielleicht wartet er auf dich!", schlug eine hoffnungsvolle innere Stimme vor.
Lisa gab sich einen Ruck, lief los und suchte Christian. Vergebens.
Enttäuscht begab sie sich zurück zum Zug. Dort standen Christian, Willi und Sammy zusammen.
Christian schaute nur kurz auf. „Es geht gleich los!", rief er und verschwand im Führerstand.
Sammy steuerte auf Lisa zu und drückte ihr einen begeisterten Kuss auf die Wange. „Netter Typ, der Lokführer", sagte er. „Ich habe ihm so von dir vorgeschwärmt!"
Lisa war froh, als die Zugfahrt in Tannenheim endete und sie mit Sammy nach Hause gehen konnte. Christian ließ sich gar nicht mehr blicken. Genau wie Erna Bauer, die sich klammheimlich aus dem Staub gemacht hatte, weil sie wohl nicht zur Rechenschaft gezogen werden wollte.

18

Nach der Rehfütterung war in allen Gesichtern ein freudiges Strahlen zu erkennen. Vor allem die Kinder waren sehr aufgeregt. Viele kamen aus der Stadt und kannten Wildtiere nur aus dem Zoo – nun hatten sie die Rehe ganz aus der Nähe bestaunen können. Und alle hatten sich daran gehalten, die Tiere nicht zu stören.
Über die gezogene Notbremse wurde nur noch gelacht und Lisa nahm sich vor, die gute Frau Bauer besser im Auge zu behalten, damit sie keine weiteren Dummheiten anstellen konnte.
Lisa genoss das gleichmäßige Stampfen der Lok. An den Fenstern zog die wunderbare Winterlandschaft vorbei, aus dem Speisewagen kroch der adventliche Duft von Stollen und anderem Gebäck. Willi hatte gut geheizt, sodass es auch angenehm warm in den Waggons war.
Wie sich Lisa jetzt auf den Besuch des Wasserfalls freute! Insgeheim hoffte sie, dass Christian sie erneut bitten würde, ihn zu seinen Lieblingsbäumen zu begleiten. Um ihren Bruder Sammy musste sie sich nicht kümmern, der war Dampflokfreak und würde sich die Pause damit vertreiben, Willi über sämtliche technische Details auszufragen.
Also hätte sie Zeit für Christian. Für ein Gespräch. Ein paar verstohlene Blicke …
Lisa glitt ein Schmunzeln übers Gesicht, weil sie sich über ihre geheime Schwärmerei für den Lokführer amüsierte. Sonst fing sie nicht so schnell Feuer. Es musste an Adele liegen. An der pittoresken Landschaft. An der Atmosphäre im Zug.
Ein Blick aus dem Fenster zeigte ihr, dass sie bald am Wasserfall ankommen würden und sie ihre Durchsage machen musste. Schließ-

arktes
e 52 4867
113 117
6:25 18:25
6:38 18:38
6:45 18:45
114 118
7:00 19:00
7:25 19:25
115 119
7:28 19:28
7:50 19:50
116 120
8:00 ·19:55
8:08 20:03
8:23
etwa 45 Minuten
Souvenirwagen
rche); Fußweg 300 m
nicht am 16.12.

Abteil 19

Lisa. Sie konnte ja nichts dafür, dass er vor zwei Wochen am Wasserfall einen Moment lang gehofft hatte …

Der Speisewagen war noch nicht fertig geschmückt, aber Henriette packte mit Beate vom Café Müller bereits die Backwaren aus und wies Willi und Sammy an, nicht nur zu reden, sondern auch die frischen Tannengestecke auf den Tischen zu verteilen.

„Ah, Christian", rief Henriette ihm entgegen. „Ich hab noch was für dich. Komm nachher mal zu mir."

„Ich hoffe, für mich hast du auch was." Willi zwinkerte Henriette zu, die überraschenderweise ein wenig errötete.

„Ich frag mich bloß, wo meine Schwester bleibt." Sammy schaute aus dem Fenster. „Sie ist doch sonst immer so pünktlich."

„Ist sie auch ein Eisenbahn-Fan?", fragte Willi.

„Na klar. Lisa wollte als Kind schon Lokführerin werden. Oder zumindest einen Lokführer heiraten." Sammy grinste Christian an.

Ein heißer Stich fuhr Christian in den Magen, und langsam begann sich der Knoten dort aufzulösen. Lisa war …

„Du bist also Lisas Bruder." Henriette schien hocherfreut. „Schön, dich kennenzulernen. Und schau, da kommt sie."

Mit windzerzausten Haaren unter ihrer Schaffnermütze stieg Lisa ein. „Hi. Habt ihr den blauen Himmel gesehen? Ich glaube, das wird heute eine wunderbare Fahrt."

Das glaubte Christian auch.

19

In diesem Jahr freute sich Christian nicht auf die vierte und damit letzte Adventstour. Er hatte die ganze Woche schon ein seltsames Gefühl in der Magengrube, wenn er an Lisa dachte. Ja, er hatte sich unversehens in sie verliebt – da konnte er sich nichts mehr vormachen. Aber sie war mit Sammy zusammen, und so musste Christian sehen, dass er darüber hinwegkam.

Das war nicht einfach, denn als er zusammen mit Willi den Weihnachtsexpress zum Bahnsteig fuhr, wartete dort bereits genau dieser Sammy und winkte fröhlich. Christians Laune sank beträchtlich.

„Da haben wir einen richtigen Eisenbahn-Fan", sagte Willi. „Sammy zieht gerade nach Tannenheim und will dann auch Mitglied bei uns im Verein werden."

Christian unterdrückte ein Stöhnen. Das hatte ihm gerade noch gefehlt!

„Ich habe ihm versprochen, dass er heute ein Stück bei uns im Führerstand mitfahren darf", fuhr Willi fort. „Vielleicht hat er später mal Lust, die Lokführerausbildung zu machen. Oder er wird Heizer, irgendwann werde ich mich nämlich zur Ruhe setzen und nur noch als Gast teilnehmen."

Christian schwieg.

„Aber jetzt geh ich erst mal zu Henriette und schaue, ob sie diese leckere Weihnachtstorte dabeihat. Dann muss sie mir unbedingt ein Stück davon reservieren. Denn die gute Weihnachtstorte – ist von ganz besond'rer Sorte." Ohne Christians schlechte Laune zu beachten, stieg Willi aus.

„Hallo Sammy!", hörte Christian ihn zu Lisas Freund sagen.

Er atmete tief durch. Natürlich musste auch er gleich noch in den Speisewagen gehen wie immer. Henriette kurz begrüßen – und

20

mich ständig zu so einem blöden Adventscafé. Nur alte Leute, Frau Schaffnerin. Nur alte Leute!"
Lisa musste grinsen, biss sich aber auf die Lippen.
„In diesem Café holt er mich dann abends wieder ab. Mir ist es da zu langweilig, da folge ich doch lieber der alten Tradition mit dem Weihnachtsexpress."
„Er weiß gar nicht, dass Sie hier im Zug sitzen?", fragte Lisa entsetzt. Frau Bauer war wohl doch ein bisschen altersstarr. Wenn auch auf eine nette Weise.
Bevor sie weiter nachhaken konnte, ruckelte der Zug etwas heftiger, fuhr eine schärfere Kurve und die Landschaft draußen kam Lisa plötzlich fremd vor. Sie nickte Frau Bauer kurz zu und machte sich auf den Weg in den Speisewagen, um bei Henriette nachzufragen, ob sie dieses Mal spontan eine andere Tour fuhren.
Dort stand Sammy und raufte sich das Haar.
„Da hat wer eine Weiche falsch gestellt, und jetzt müssen wir bestimmt bis Glücksdorf fahren, um wenden zu können. Es wird nichts mit dem Wasserfall."
„Aber … aber das ist blöd. Ich wollte doch heute die Krippe kaufen, und nun kommen wir gar nicht zum Kiosk?"
Henriette ging auf Lisa zu und legte ihr den Arm um die Schulter.
„Manchmal ist es gut, wenn die Weichenführung geändert wird. Für dich ist das heute, glaube ich, ein Glückstag in Glücksdorf", antwortete sie geheimnisvoll.

20

Der Weihnachtsexpress ruckelte los. Nachdem es in der Nacht erneut heftig geschneit hatte, schien jetzt die Sonne vom klarblauen Himmel und ließ die Schneekristalle glitzern.

Das ist doch ein wunderbarer Abschluss der diesjährigen Adventstouren, dachte Lisa. Aber so richtige Freude wollte sich nicht einstellen, denn dass Christian sie letzte Woche derart ignoriert hatte, schmerzte sie noch immer.

Eben im Speisewagen war dann wieder dieses leise Lächeln auf seinen Lippen gewesen. Dieser tiefe Blick, der eindeutig ihr galt, denn so schaute er weder Henriette noch Willi oder diese Beate Müller an, obwohl sie wirklich eine schöne und auffällige Frau war. Nein, Lisa wusste nicht, wie sie Christians Verhalten einordnen sollte.

Sie durchquerte Waggon für Waggon und traf im letzten Wagen wieder auf Erna Bauer.

Oje, dachte Lisa. Nun geht die leidige Ich-bezahl-nicht-Diskussion wieder los, oder sie stellt erneut irgendeinen Unfug an.

Doch Erna wedelte mit einem Fahrschein. „Natürlich habe ich heute einen“, sagte sie selbstsicher.

„Natürlich“, wiederholte Lisa und kontrollierte, ob er tatsächlich gültig war. Das war leider nicht der Fall. Die Fahrkarte war schon drei Jahre alt.

„Woher haben sie die?“, fragte Lisa, denn es musste doch herauszufinden sein, was hinter Frau Bauers Verhalten steckte.

„Von meinem Sohn“, gab die bereitwillig Auskunft. „Der kauft sie mir immer.“

„Aha“, antwortete Lisa. „Und wo ist er nun?“

Erna Bauer schürzte die Lippen und die Brauen zogen sich trotzig zusammen. „Er hat keine Lust mehr mitzufahren und schickt

THE GRAND CAROUSEL

21

„Mach ich. Bis dann!"
Ihre Ankunft in Glücksdorf erregte großes Aufsehen. Eine Gruppe Kinder rannte den Bahnsteig am einzigen Gleis entlang und jubelte, als Christian Adele kräftig pfeifen ließ.
Die Fahrgäste stiegen aus. Sie wirkten zufrieden und strömten sofort auf die Buden zu, die direkt hinter der Bahnstation aufgebaut waren.
„Dann lass uns Adele schnell aus dem Weg fahren", sagte Willi, „bevor wir uns selbst ein wenig vergnügen gehen."
Sie fanden Henriette und Beate kurze Zeit später an einem Stand mit altmodischem Blechspielzeug. Lisa und ihr Bruder waren leider nirgends zu sehen.
„Nein, das ist nicht das Richtige", sagte Beate gerade. „Ich geh schon mal weiter."
„Und ihr zwei? Was wollt ihr für eure Lieben erstehen?", fragte Henriette Christian und Willi.
„Eigentlich hatte ich ein Auge auf die Krippe bei dir im Kiosk geworfen", gestand Christian, „aber jetzt …"
Henriette lächelte geheimnisvoll. „Hab ich's mir doch gedacht. Drum habe ich das gute Stück letzte Woche mitgenommen, damit es dir niemand wegschnappt. Es ist in einem Karton im Speisewagen."
„Henriette! Du bist die Beste!" Christian umarmte sie.
„Finde ich auch", brummelte Willi. „Deshalb lade ich sie jetzt auf einen Glühwein ein. Natürlich nur alkoholfrei. Wir müssen ja noch fahren!"

21

„Welcher Idiot hat denn heute die Weichen gestellt?“ Christian fluchte kräftig.
„Einer, der wollte, dass wir nicht zum Wasserfall, sondern nach Glücksdorf fahren“, antwortete Willi. „Reg dich nicht auf, Junge, das ist zwar eine andere Strecke, aber die ist auch schön und nicht länger als die übliche Route. Da reicht die Kohle lässig. Passt also alles.“
„Aber ich muss noch zum Kiosk …“
„Hast noch nicht alle Weihnachtsgeschenke, was?“ Willi lachte. „Die kannst du nachher problemlos auf dem Glücksdorfer Weihnachtsmarkt kaufen. Du siehst, es fügt sich alles so, wie es sein soll.“
Das tat es nicht. In Glücksdorf würden sie gewiss keine so fein gearbeitete kleine Weihnachtskrippe haben, wie Henriette sie am Wasserfall anbot. Dabei hatte Christian endlich beschlossen, die Krippe zu kaufen. Oder, wenn Lisa sich ebenfalls weiter dafür interessierte, sich mit ihr ein kleines Rededuell zu liefern und ihr das schöne Stück schließlich großzügig zu überlassen. Ihre Augen würden aufleuchten, und ihr Mund …
Die Fahrt verlief ungewöhnlich schweigsam, denn auch Willi hing heute seinen eigenen Gedanken nach. Immerhin gab es in diesem Tal Empfang, sodass Christian den Weichenfehler melden und die Streckenfreigabe für die Rückfahrt organisieren konnte. Dann wählte er Lisas Nummer.
„Ja?“ Ihre Stimme klang überrascht.
„Du hast’s sicher gesehen – wir sind auf der falschen Strecke. Bitte informiere die Leute, dass wir statt am Wasserfall an einem Weihnachtsmarkt halten.“

Ich liebe Dich
Ich liebe Dich
22

fehlte ihr dazu die Lust. Nicht mal der Maroni-Mann, der auf dem Kopf eine alberne Wichtelmütze trug, wurde seine Esskastanien bei ihr los.

Das ließ Sammy stutzen. „Mit dir stimmt doch was nicht. Keine gebrannten Mandeln, keine Maronen … nicht mal eine Bratwurst. Hast du es mit dem Magen?"

Lisa schüttelte den Kopf. „Nur keine Lust."

Sammy stieß sie in die Seite. „Kann es sein, dass dein nur keine Lust irgendwas mit dem gut aussehenden Lokführer zu tun hat?"

„Nee, ich wollte nur bei Henriette am Wasserfall eine Krippe kaufen, und jetzt fahren wir nicht mal hin."

Sammy schüttelte den Kopf. „Ich fasse zusammen: Madame hat also schlechte Laune wegen einer Krippe, von denen es hier Hunderte gibt, und weil der Lokführer offenbar keine Lust auf Weihnachtsmarkt hat?"

„Punkt eins ist korrekt", erwiderte Lisa.

„Ich glaube trotzdem, dass sich deine Stimmung gleich heben wird." Sammy grinste. „Ich wollte ohnehin noch zur Eisenbahnausstellung. Bis später!" Er winkte und verschwand im Getümmel.

Lisa fuhr zusammen, als sie hinter sich Christians Stimme hörte. „Hallo! Ich habe gehofft, dich noch zu treffen."

22

Sammy und Lisa schlenderten über den Weihnachtsmarkt, und sie hielt die ganze Zeit Ausschau nach einer ähnlichen Krippe, wie sie in Henriettes Kiosk zu finden gewesen war. Es gab einige schöne Exemplare, aber keine konnte der von Henriette das Wasser reichen. Wie ärgerlich, dass gerade heute die Weiche falsch gestellt worden war und sie nicht mehr in den Kiosk gehen konnte! Warum Henriette in diesem Fall auch noch von Glück sprach, erschloss sich Lisa nicht.

Doch dann sah sie, dass die Gute zusammen mit Willi auf eine Glühweinbude zusteuerte. Sie unterhielten sich ganz angeregt, und Henriettes Wangen leuchteten.

Sie ist verliebt, schoss es Lisa durch den Kopf. Henriette ist in Willi verliebt, und wenn ich ihn so anschaue, geht es ihm umgekehrt genauso. Kein Wunder, dass sie die Welt rosig sieht und den Winterhimmel voller Glücksgeigen wähnt.

„Leider trifft das wohl nur für die beiden zu“, murmelte Lisa und schrak zusammen, weil Sammy sie anstieß.

„Was hast du gesagt?“

„Ach nichts. War nur in Gedanken.“

Lisa wollte es nicht, doch immer wieder schweifte ihr Blick über den Markt. Es war voll, die Menschenmassen schoben sich zwischen den Buden hindurch. Der Duft von Zuckerwatte und Bratwurst wechselte sich mit dem von Pommes und Glühwein ab. Adventliche Lieder sorgten für eine gute Stimmung, und die Schneehauben auf den Buden ließen echte Weihnachtsgefühle aufkommen. An und für sich liebte Lisa dieses Ambiente und konnte sich gar nicht sattsehen an dem, was geboten wurde. Und normalerweise probierte sie sich auch durch sämtliche Delikatessen. Doch heute

MARONEN
Ich liebe Dich

23
SWEETS

Sie lächelte ihn an, und Christians Herz machte einen kleinen Hüpfer.
„Nach der letzten Weihnachtstour gibt es im Vereinsheim noch ein Essen“, sagte er. „Ich hoffe, du bist heute dabei? Und dein Bruder auch“, fügte er schnell hinzu.
„Ich bin nicht sicher …“, begann sie, und Christians Herz sank, bis sie fortfuhr: „… ob Sammy Zeit hat. Aber Henriette hatte mir schon davon erzählt, und ja, natürlich komme ich.“
„Ich freue mich“, sagte er ehrlich.
Sie wandte den Blick ab und sah die Buden entlang.
„Schade, dass wir nicht zum Wasserfall gefahren sind – ich war fest entschlossen, heute die Krippe zu kaufen. Meinst du, Henriette hat noch eine zweite irgendwo auf Lager?“
„Nein, das war ein Einzelstück. Und außerdem hat sie die Krippe schon verkauft.“
„Ach, wie schade. Da haben wir dann wohl beide Pech gehabt.“
„Pech? In Glücksdorf? Das kann nicht sein!“ Er grinste. „Du darfst nicht aufhören, an Weihnachtswunder zu glauben.“
Er sah ihr tief in die Augen, und nun erwiderte sie seinen Blick. Er trat einen Schritt näher zu ihr.
In diesem Moment schallte ein lautes „Mama! Wie kannst du nur!“ zu ihnen, und als sie sich umsahen, ging ein Mann strammen Schritts auf Erna Bauer zu, die Miene voll Ärger und Sorge.

23

„Und da bist du jetzt!“

Christian war den ganzen Weihnachtsmarkt abgelaufen, um Lisa zu finden. Nun stand sie endlich vor ihm. Und erfreulicherweise entfernte sich Sammy gerade.

„Ich wäre nicht weggelaufen, sondern nachher schon rechtzeitig wieder am Zug gewesen“, erwiderte sie.

„Das war mir zu spät.“

Sie sah ihn fragend an.

„Ich wollte gern mit dir zusammen … Also, so allein hier in Glücksdorf herumzulaufen ist doch …“ Er atmete tief ein und sagte dann: „Ich hatte gehofft, wir könnten uns hier gemeinsam den Markt anschauen und uns vielleicht gebrannte Mandeln teilen oder so. Und miteinander reden – wie am Wasserfall.“

Lisa zögerte.

„Warum nicht“, sagte sie schließlich. „Aber mir wären heiße Maronen lieber.“

„Sehr gut. Da hab ich einen Stand gesehen. Komm mit.“

Mutig nahm er ihre Hand und freute sich, dass Lisa sie nicht zurückzog. Wahrscheinlich war sie noch irritiert von seinem abweisenden Verhalten am letzten Sonntag. Was für ein Idiot er aber auch gewesen war. Warum hatte er Lisa nicht einfach gefragt, wer der Mann war, den sie umarmt hatte?

Gemeinsam passierten sie den Glühweinstand, an dem Willi und Henriette in ein Gespräch versunken waren, und hielten schließlich vor dem kleinen Wagen des Maroni-Manns.

Christian kaufte eine große Tüte und reichte Lisa die heiße Köstlichkeit.

24

Erna Bauer ergriff die Hand ihres Sohnes und zog ihn mit sich fort.
„Zu süß, die beiden", meinte Lisa.
„Das stimmt", bestätigte Christian. „Aber ich sehe da noch zwei, die ich überaus reizend finde."
Lisa sah sofort, wen er meinte, denn Willi und Henriette waren sich am Glühweinstand merklich nähergekommen. Immer wieder fuhr Willis Hand über ihren Rücken, und sie schauten sich eine Spur zu lange an, als dass es nichts zu bedeuten hätte.
„Da hat es gefunkt", sagte Lisa mit etwas Wehmut in der Stimme.
Überall war Friede, Freude, Eierkuchen. Und überall hing Liebe in der Luft.
„Es gibt noch ein Herz, das wirklich in Flammen steht. Und das nicht, weil Weihnachten naht und überall Kerzen brennen."
Christian ergriff erneut Lisas Hand. Dann zog er sie ganz nah an sich heran.
Ein plötzliches Glücksgefühl breitete sich in ihr aus. Meinte er wirklich …?
„Eigentlich sollten Angestellte desselben Unternehmens ja nichts miteinander anfangen", murmelte er, „aber wir sind nur ein Verein und …"
„Nun küss mich endlich!", raunte Lisa, und dann fanden sich ihre Lippen.

24

„Hallo Heiko", begrüßte Erna ihren Sohn. „Das ist ja nett, dass du mich besuchst."

„Nett? Ich bin schier wahnsinnig vor Angst geworden, als ich bemerkt habe, dass du nicht mit deinen Freundinnen im Café warst. Und dich offenbar die ganzen letzten Sonntage schon woanders rumgetrieben hast."

Erna kicherte. „Das sind nicht meine Freundinnen, sondern Leidensgenossinnen. Ich fahre eben lieber Eisenbahn, wie du am Ende ja festgestellt hast."

Ihr Sohn seufzte, dann nahm er seine Mutter in den Arm und drückte sie. „Ach Mama, ich weiß, wie sehr du unsere Dampflokfahrten geliebt hast. Es war dumm, dass ich dieses Jahr drauf verzichten wollte."

„Also nächstes Jahr wie früher? Versprochen?", fragte Erna.

Markus schluckte. „Im nächsten Jahr sind wir wieder gemeinsam bei jeder Tour dabei. Versprochen."

Er beugte sich flüsternd zu Lisa und Christian. „Hat sie denn bezahlt? Meine Mutter lebt im Heim und bekommt nur ein kleines Taschengeld. Manchmal ist sie etwas … eigenartig."

Lisa lächelte und schaute Christian an, der ihr aufmunternd zunickte.

„Ich denke, in diesem besonderen Fall war Ihre Mutter einfach unser Gast. Es ist schließlich bald Weihnachten!"

Markus verneigte sich kurz. „Das ist sehr freundlich. Ich werde Ihrem Verein aber eine Spende zukommen lassen." Er wandte sich wieder seiner Mutter zu. „Und nun essen wir Zuckerwatte. Auch wie immer."

Willi

Nun war die letzte Tour also vorbei. Es war wie immer herrlich gewesen, wobei ihre Crew noch nie so viele Schwierigkeiten hatte überwinden müssen. Aber sie waren mit Lisa und Christian zu einem unschlagbar guten Team zusammengewachsen, und die neue Schaffnerin hatte sich wunderbar behauptet.
Das Vereinsheim glänzte weihnachtlich, und vom Büfett her roch es verführerisch nach Braten und Gemüse. Erfahrungsgemäß würde es ein langer Abend werden. Wie in jedem Jahr.
Willis Blick wanderte zu Henriette. Ja, sie war wirklich eine Gute, und er war sicher, dass seine verstorbene Adele nichts dagegen hätte, wenn er mit einer neuen Frau glücklich war. Infrage kam nur diese Eine!
Es war in Glücksdorf auf dem Weihnachtsmarkt so schön gewesen, doch dann hatten sie zurück zum Zug gemusst, und die Stimmung war vorerst vorbei gewesen. Jetzt war er unsicher, wie er sich seiner Angebeteten wieder nähern sollte.
Mit einem Gedicht, beschloss er. Kurz und knackig, aber alles sagend.
Die anderen Vereinsmitglieder stürmten eben das Büfett, da hatte er Zeit, sich die richtigen Worte zurechtzulegen.
Endlich wusste er, was er ihr mitteilen wollte.
Willi steuerte auf Henriette zu, die sich eben mit einem gut gefüllten Teller einen Weg durch den Saal bahnte.
„Kannst du das kurz abstellen?“, bat er sie, nahm sie dann bei der Hand und zog sie auf den Bahnsteig. Hier fühlte er sich sicher, hier war sein Terrain.

Willi holte tief Luft und rezitierte:

Ich weiß nicht, wie ich's kundtun soll,
manchmal bin ich ein echter Troll.
Doch ich will dir dringend sagen:
Möcht` mein Leben mit dir wagen.

Henriette schaute ihn lange schweigend an, dann kullerte ihr eine Träne über die Wange.
„So etwas Großartiges hat mir noch keiner gesagt." Sie umfasste Willis Gesicht mit beiden Händen und drückte ihm einen Kuss auf die Lippen.
„Das ist so schön!", hörte Willi, und er schnellte herum.
Hinter ihnen standen Lisa und Christian, Hand in Hand.
Der Vollmond schien vom sternenklaren Himmel und tauchte die winterliche Landschaft in ein strahlendes Licht.
„Guck mal!" Lisa deutete zum Himmel, wo eben eine Sternschnuppe verglühte.
„Und das im Winter. Das kann nur Glück bringen", sagte Christian.
„Wie mein Gedicht", schloss Willi. „Wie mein Gedicht."

Henriette

Sie hatte es immer gewusst! Henriette schmunzelte beim Anblick von Lisas Hand in Christians. Die beiden passten perfekt zusammen. Und zum Glück hatten sie das auch selbst erkannt, bevor die historischen Dampflokfahrten Winterpause machten. Nicht auszudenken, wenn sie sich wochenlang nicht gesehen hätten und ihnen der Mut gefehlt hätte, sich näherzukommen.
Willi legte seinen Arm um sie. „Ich glaube, wir sollten wieder reingehen. Du hast sicher Hunger."
Henriette fand eher, dass Willi aussah, als ob er nach seinem forschen Schritt Hunger hatte. Seit sie wieder in Tannenheim waren, wirkte er nervös, aber jetzt zwinkerten seine Augen, und ein breites Lächeln lag auf seinem Gesicht.
„Ja, lass uns essen gehen", sagte sie.
„Wir kommen ein bisschen später." Christian zog Lisa an sich.
Henriette schüttelte den Kopf. „Du solltest besser jetzt mitkommen, ich habe noch etwas, was dir gehört und was ich endlich loswerden will."
Christian stutzte, dann schien er zu begreifen.
„Ja, natürlich. Das hatte ich fast vergessen. Komm Lisa, ich will dir was zeigen."
An Willis Seite betrat Henriette das Vereinsheim und steuerte die Garderobe an. Unter den Winterjacken und -mänteln stand eine große Einkaufstasche, darin war ein grauer Karton zu sehen.
„Ist sie das?", fragte Christian, der mit Lisa gefolgt war.
Henriette nickte, holte die Schachtel heraus und überreichte sie ihm mit großer Geste.

Lisa sah fragend von Henriette zu Christian, der sich ihr nun zuwandte.
„Eigentlich ist das hier ja für dich“, sagte er. „Frohe Weihnachten!“
Zögernd hob Lisa den Deckel ab. Dann stieß sie ein verblüfftes „Oh!“ aus und starrte auf die geschnitzte Krippe. „Für mich?“, flüsterte sie andächtig.
Bei dem liebevollen Blick, den Christian und Lisa nun tauschten, ging Henriette das Herz auf. Sie war sich sicher, dass in Zukunft beide etwas von dem schönen Handwerksstück haben würden, wenn sie Weihnachten feierten.
„Komm“, flüsterte sie Willi zu und zog ihn in den Saal. „Sonst wird der Weihnachtsbraten kalt.“
„Hauptsache, das Herz wird warm“, antwortete Willi leise, und dieses Mal ganz ohne Reim.

Zug aus Dominosteinen

Zutaten:
Dominosteine, je nach Zuglänge
Puderzucker
Schokolinsen
Ungeschälte Mandeln
Wasser

Sonstiges:
Schüssel
Backpinsel
Kleines scharfes Messer

Und so wird der Zug gebaut:
Puderzucker mit etwas Wasser zu einer festen, aber cremigen Masse anrühren. Für eine Lok werden drei Dominosteine benötigt. Für die Wagen so viele, wie man Wagen anhängen möchte. Ein Waggon besteht aus je einem Dominostein.

Für die Lok:
Stein 1 mit dem Backpinsel an der einen Seite mit etwas Puderzuckerpaste versehen. Daran Stein 2 kleben. Auf diesen dann oben Puderzuckerpaste streichen und Stein 3 darauf kleben. Nun ist die Lokform schon zu erkennen. In Stein 1 oben mit dem scharfen Messer vorsichtig ein Loch bohren, eine geschälte Mandel mit der Puderzuckerpaste bestreichen und vorsichtig hineindrücken. Oben an die Mandel noch etwas von der Paste geben, dann sieht es aus wie Qualm. Mit der Puderzuckerpaste vorn an Stein 3 mit der Spitze des Messers ein Fenster malen. Zum Schluss an den Steinen 1 und 2 noch die Räder anbringen. Auch hier wieder vier Schokolinsen für die Räder und die Puderzuckerpaste als Klebstoff verwenden.

Für die Waggons:
Beliebig viele Dominosteine nehmen und mit Hilfe der Puderzuckerpaste an die Lok kleben. Anschließend die Schokolinsen als Räder verwenden Fertig ist der Schokozug.

Guten Appetit

Über die Autorinnen

Gitta Edelmann und Regine Kölpin

Die Autorinnen Gitta Edelmann und Regine Kölpin schreiben als Einzelautorinnen in verschiedenen Genres für namhafte Verlage und haben sich auch als Schreibteam einen Namen gemacht. Sie publizieren bereits seit mehreren Jahren als Co-Autorinnen im Geschenkbuchbereich, standen mit dem Adventskalenderbuch „Briefe für dich“ wochenlang auf der SPIEGEL-Bestsellerliste und sind für ihren Kinderkrimi „Johannes Gutenberg und die verschwundenen Lettern“ (Gutenberg-Stiftung) mit dem Bronzenen Homer 2020 ausgezeichnet worden.
Unter Felicitas Kind schreiben sie zusammen Weihnachtsromane.
Homepages:
www.gitta-edelmann.de
www.regine-koelpin.de

Über die Illustratorin

Barbara Behr, 1955 geboren, arbeitete nach einer Schauspielausbildung und Töpferlehre zunächst viele Jahre in den Bereichen Keramik und Design.
Dann machte sie ihre eigentliche Leidenschaft des Illustrierens zum Beruf.
Sie designt nun schon seit über 20 Jahren mit ihren originellen nostalgischen Motiven und viel Humor Bücher, Papeterie, Adventskalender und viele andere schöne Geschenke mit großartigem Erfolg für den Coppenrath Verlag und internationale Auftraggeber.
Mehr unter: behr-pixelart.de